2023. 09

우리의 클라이밍

우리의 클라이밍

김원영

위즈덤하우스

선유와 처음 이야기를 나눈 건 고등학교 1학년 체육 시간이었다. 이미 운동장에서 움직이기 어려웠던 나는 수업에 나가지 않고 교실에 남았다. 체육 수업은 오후 2시에 시작되어서 우리는 노곤한 상태로 수업을 준비해야 했다. 아이들은 귀찮다고 툴툴대면서도 곧 졸음에서 벗어났고, 여기저기서 옷을 갈아입거나 체육복을 빌린다며 복도를 뛰어다녔다. 그동안 나는 자리에 앉아 달아나는 잠을 붙잡으려고 눈을

감았다. 수업 시작종이 울리고 아이들이 모두
빠져나가면 뺨에 작은 바람이 느껴졌다. 매번
지각하는 두 아이가 운동장으로 내달리는
발소리마저 멀어지면 나는 천천히 눈을 떴다.

보통은 수학 책을 펴두고 창밖을 보거나
눈을 반쯤 감은 채 시간을 보냈다. 그날은
봄이 너무 밝았던지 눈을 감기가 어려워서
나는 아예 창가로 다가가보았다. 뒷줄에
놓인 다섯 개의 책상과 의자가 내 걸음을
지지해주었다. 4층 높이 교실에서 창 아래를
보니 온통 벚나무가 뒤덮고 있었다. 녹색
체육복을 입은 아이 하나가 운동장 쪽으로
걸어가는데, 검은 정수리가 흰색 꽃들
사이에서 나타났다 사라지기를 반복했다.

지칠 만큼 창가에 기대어 서 있다가 빈
책상과 의자를 붙잡고 자리로 돌아왔다.
창밖에 적응한 눈 탓인지 교실은 더 어두웠고

조금 추운 것도 같았다. 그때 선유가 문을
열고 들어왔다. 교복을 입고 가방을 메고
있었다.

　나는 후문에서부터 덩치 큰 보조원이나
엄마의 손을 잡고 느리게 등교했으므로
아이들의 눈에 잘 띄었지만, 일단 교실에
들어오면 뒤편 구석에서 거의 움직이지
않았다. 화장실에 가는 일도 드물었다.
펑퍼짐한 교복 셔츠와 바지 안에 숨긴 마른 내
몸은 의자에 널어둔 빨래 같았다. 반면 왼쪽
분단 가운데 선유의 책상에는 쉬는 시간마다
아이들이 몰려들었다. 모두 선유에게 관심을
보였고, 선유는 그렇게 다가오는 누구하고든
스스럼없이 대화를 나누었다. 유독 까만
머리카락과 눈동자, 긴 목과 큰 키는
아이들에게 둘러싸인 가운데서도 쉽게 눈에
띄었다. 어둠에 아직 적응하지 못한 눈으로도

나는 그날의 검은 선유를 금세 알아보았고,
얼른 수학 교과서를 내려다보았다.

"지금 체육?"

나는 놀란 표정으로 고개를 들었다.
지금이 무슨 시간인지 모를 리 없다. 칠판
오른쪽에 커다란 시간표가 붙어 있으니까.
나는 시간표를 응시하며 말했다.

"어, 그러네."

"넌 이 시간에 매번 교실에 있어?"

선유는 끈이 긴 가방을 어깨에서 풀며
자리에 앉았다.

"난 이 시간 좋아."

나는 교실 안을 가득 채운 아이들 중
누구에게도 주의를 기울이지 않으려 애썼다.
수업 시간에는 선생님과 칠판에 시선을
고정했고 쉬는 시간엔 책에서 눈을 떼지

않거나 눈을 감고 잠든 척을 했다. 체육
시간이나 혼자 엄마를 기다리는 방과 후처럼
교실이 비었을 때 옷과 책이 어지럽게
널린 풍경을 세세히 둘러볼 뿐이었다.
선유는 유일한 예외였다. 선유가 어디선가
작은 움직임이라도 만들면 주의를 피하기
어려웠다. 키가 크고 머리 색이 진한 겉모습
때문은 아니었다. 내가 그 움직임을 의식하기
시작한 건 어느 날 선유를 똑바로 본
다음부터였다. 쉬는 시간 시끌벅적한 아이들
틈 사이에서 한 아이가 별안간 일어섰고,
내 쪽으로 빠르게 걸어오더니 뒷문을 통해
그대로 나가버렸다. 그 몇 초 동안 내가 본
선유는 미세하게 떨고 있었고, 몸의 윤곽은
흐릿하고 어두웠다. 이후부터 그의 모든
움직임이 내 주의를 끌어당겼다. 신기한 건
오직 그 순간을 제외하고, 선유는 늘 정반대로

보인다는 점이었다. 허리까지 늘어뜨린 긴
머리카락과 커다란 눈동자 때문에 어디에
있든 검고 선명했다.

"혼자 있는 게 좋다고?"

"자도 되고, 숙제해도 되고. 어차피 사람들
많은 거 싫어하니까."

선유의 뒷모습을 보며 나는 말했다.

"좋겠다. 체육 때 밖에 안 나가도 돼서."

"넌 체육도 잘할 거 같은데……."

"잘하지. 근데 하기 싫어."

오후의 햇살이 선유의 등에 닿았다. 체육
시간은 얼마쯤 남았을까.

"왜 늦었어?"

"병원 다녀왔어. 죽을 뻔했거든."

놀라서 교통사고가 난 것이냐 물었지만
선유는 작은 가방에서 책과 커다란 인형이

달린 펜을 꺼내 책상에 올려둘 뿐 아무 말이
없었다. 그러더니 갑자기 몸을 틀어 나를
똑바로 보았다.

"너는 죽는 게 무섭지 않아?"

"글쎄…… 죽는 순간 아프겠지만, 죽는 것
자체는 그다지. 죽고 나면 어차피 아무것도
없으니까 아픈 기억도 사라질 거고."

나는 선유의 손에 시선을 둔 채 답했다.

"너는 괜찮을지 몰라도 너희
엄마라든가…… 주변 사람은 엄청 슬플 거
아냐."

"그렇겠지. 하지만 우리 엄마도 시간이
흐르면 죽을 테니 결국 슬픔이란 것도 길게
보면 거의 존재하지 않는 거나 마찬가지겠지."

"뭐래."

선유는 자리에서 일어나 교실 뒤편에
놓인 사물함을 열었고 칫솔에 치약을 묻히며

말했다.

"그러니까 말이야. 이 칫솔로 양치를
하다가 내가 목구멍을 그냥 쿡 하고 찌를 수도
있거든. 그러면 나는 죽을 수도 있는 거야.
죽는 건 너무 쉽다니까. 이렇게 쉬운데 그
결과는 너무 슬픈 거라고."

무슨 이야기를 하는지 알 수 없었지만
나는 대꾸했다.

"나는 팔에 힘이 없어서 칫솔로 내
목구멍을 공격하는 일은 불가능해."

선유는 칫솔을 입에 문 채 나를 잠시
바라보고는 화장실로 가버렸다. 수업이
끝났는지 시끄러운 소리가 멀리서 들려왔다.
남자아이들이 땀에 젖은 채 복도를 밟아대는
소리가 커졌다. 수학 교과서를 다시 펼치자
수업 종료를 알리는 종이 울렸다.

이후에도 선유는 종종 수업에 지각하거나
아예 등교하지 않았는데, 몇몇 아이들은
이유를 아는 듯했지만 내가 들을 수 있는
이야기는 없었다. 누군가에게 묻자니 괜히
관심을 보이는 것 같아 그만두었다. 어떤
아이들에게도 주의를 기울이지 않으려는
노력을 계속했지만 그럴수록 선유의 존재는
점점 더 분명했다. 수업 시간 몸을 앞으로
숙이고 고개를 든 채 집중하는 얼굴, 펜대
끝에 푹신한 고슴도치 인형을 달고서 열심히
필기하는 모습. 아이들과 즐거운 표정으로
대화를 나누다가 불현듯 일어나 어디론가
가버리는 일도 여전했다. 하지만 이제 선유는
뒷문 쪽으로 걸어오지 않고 앞문을 통해
사라졌다. 나는 걸어 나가는 선유가 어떤
모습일지 궁금하여 아쉬운 마음이 드는 한편
선유 역시 나를 의식하고 있다고 제멋대로

상상했다.

내 상상이 완전히 착각은 아니었을지도
모른다. 우리가 다시 대화를 나누는 일은
없었지만, 선유는 이따금 손을 씻고 교실
뒷문으로 들어오다 내 목뒤에 차가운
물을 털고 자리로 가버리거나, 모의고사를
본 날 친구와 내 곁을 지나며 "26번은
현오한테 물어봐. 얘 수학 잘해"라고 말을
던지고는 (내가 대꾸할 기회는 주지 않고)
사라져버렸으니까. 그런 사소한 장난이나
관심을 나는 과대 해석 하지 않았으나 그럴
때마다 체육 시간 우리가 나눈 대화가
떠올랐다. 왜 저렇게 건강하고 선명하고 밝은
아이가 죽는 이야기를 꺼낸 걸까. 무슨 일이
있었던 걸까. 아니 무엇보다, 왜 나에게 물은
걸까. 이런 생각을 하다 보면 약간 설레는
기분이 되었고, 그것이 나는 조금 불쾌했다.

봄이 지나 여름이 시작될 무렵 어느
날도 선유는 학교에 나오지 않았는데,
담임 선생님이 종례 시간 선유의 어머니가
돌아가셨다는 소식을 전했다. 교실 안의
아이들 사이에서 작은 탄식이 나왔고, 이를
이미 알았을 법한 아이들 몇 명이 선유의
어머니가 언제 돌아가셨는지, 지금 선유는
괜찮은지를 묻는 아이들에게 작은 소리로
답을 해주었다. 선생님은 장례식장이
있는 병원을 알려주며 가능한 사람은
어두운색 옷을 입고 가서 조용히 조의를
표하라며 수업을 마쳤다. 아이들은 모두
자리에서 일어나 가방을 챙기며 선유에
대해서 이런저런 말을 했는데, 듣자니 선유
어머니가 오랫동안 아팠다는 사실을 자신은
전혀 몰랐다거나, 선유가 참 대단하다거나,
안됐다거나 따위였다.

잠시의 웅성거림이 지나고 아이들은
하나둘 평소 모습으로 돌아왔다. —오늘
3반이랑 축구 하기로 했는데 학원 가기 전에
한 게임 할래? 아 나 오늘도 학원 늦으면
엄마한테 죽어 진짜. 이 새끼 지난번에
학원에서 A여고 2학년한테 들이대다가
개 까였잖아. 나 오늘 잠실 못 갈 거 같애.
학원 갈 때 와플 먹자. 여름방학 때까지
다이어트해야 하는데— 초여름 교실은
아이들이 삽시간에 빠져나가며 남겨놓은
말들과 데워놓은 공기로 후텁지근했고, 나는
늘 그렇듯 자리에 앉아 엄마를 기다렸다. 그때
뒷문 근처에서 아직 나가지 않은 아이들 몇
명이(선유와 특히 친한 여자아이들이었는데)
장례식장에 누가 갈 수 있는지, 부의금을
어떻게 하면 좋을지 이야기를 나누고 있었다.
나는 뒤에서 이야기를 나누는 아이들 쪽으로

몸을 돌려 물었다.

"장례식장에 엘리베이터 있어?"

아이들이 말을 멈추고 나를 빤히
내려다보았다. 그중 한 명이 자신의 오른편
아이에게 "엘리베이터가 있지 않나?"라고
물었고, 질문을 받은 아이가 "엘리베이터?
왜?"라고 답하자 질문을 한 아이는 "야, 뭘
왜야……"라고 내 눈치를 보며 말을 흐렸다.
그러고서 무엇이 문제인지 공감에 이른
아이들은 곧 장례식장이 병원에 있으므로
나도 들어갈 수 있을 거 같다고 결론을
내려주었다. 그러고는 내가 선유와 친한 줄
몰랐다면서 신기한 눈으로 서로를 쳐다보며
교실을 나갔다.

학교로 온 엄마의 차를 타고 나는
선유 어머니의 장례식장이 있는 병원으로

이동했다. 엄마 손에 의지해 지하 1층으로
가는 엘리베이터를 탔고, 빈소가 줄지어
있는 복도를 천천히 걸었다. 선유 어머니의
빈소는 엘리베이터에서 가장 먼 곳에 있었다.
양쪽으로 조화들이 늘어선 길을 걸어가는
데는 제법 시간이 걸렸다.

　　빈소에 들어가 엄마는 얼떨결에 부의금을
냈고 또래 여성의 영정 앞에서 절을 했다.
나는 조문을 하지는 않고 빈소 앞에 놓인
탁자에 어정쩡하게 기대어 서 있었다. 검은색
상복을 입은 선유는 접객을 위해 테이블들이
놓인 곳에 있다가, 선유 어머니의 어머니로
보이는 노인과 몇 명의 어른들이 엄마와
인사를 하고 나서야 영정 앞으로 다가왔다.
노인이 선유에게 엄마를 소개했고, 엄마는
입구에 기대어 있는 나를 보며 선유에게
무어라 말을 했다. 선유가 내게로 다가왔다.

"여기까지 와서 왜 절 안 하냐?"

"내가 절을 어떻게 하냐. 보면 모르냐."

"네가 할 수 있는 방식대로 해야지. 예의가 없네."

장례식장은 시끄러웠다. 맞은편 빈소에서는 웃음소리도 흘러나왔다. 내가 상상한 장례식 풍경과 사뭇 달랐다. 그곳에서 가장 죽어 있는 사람은 나 같았다. 선유는 빈소 뒤쪽에 테이블이 있는 방을 가리키며 내게 가겠냐고 물었는데, 교복을 입은 아이들 몇 명이 좌식 테이블 앞에 앉아 우리 쪽을 힐끔거리며 이야기를 나누고 있었다. 내가 괜찮다고 말하자 선유는 빈소 밖 복도에 있는 벤치로 나를 안내하며 손을 내밀었다. 엄마는 우리 쪽을 보았지만 따라 나오지 않았다. 탁자에 엉덩이를 걸치고 간신히 자세를 유지하고 있던 나는 선유의 왼손을 잡고 걸음을 뗐다. 선유의 몸은 강했고 무게중심이 분명해서, 나는 안전하다고 느꼈다. 누군가의 몸을 지탱하고 걸어본 적이 있는 사람의 걸음이었다.

"어떻게 여기 올 생각을 했대."

천천히 나를 벤치에 앉혀주며 선유가 말했다.

"우리 엄마가 별로 안 친한 사이라도 장례식에는 가는 거라고 하길래……."

선유가 피식 웃었다. 나는 할 말이 없었다.

"장례식장 오면 망자가 어떻게 돌아가셨는지, 너는 괜찮은지, 그런 거 물어보는 거야 멍청아. 맨날 공부만 해서 이런 거도 모르지?"

"야 나는……."

"우리 엄마는 오래전부터 암 때문에 아팠고 몇 번 고비를 넘기다가 기어이

돌아가셨어. 나는 엄마가 죽는 걸 이미 수도
없이 생각해뒀기 때문에, 별로 슬프지는
않아. 장례식이 끝나고 집에 가면 슬프겠지만,
돌아가시기 전에 병원이랑 요양원에 1년 넘게
입원해 계셨으니까 집에 엄마 흔적이 많지도
않다.”

엄마가 복도로 나왔다. 엄마는 선유의
팔을 살짝 잡으며 몸조리 잘하라고 인사한 후
내게 집에 가자고 말했다. 엄마의 차 안에서
나는 죽음에 대해 생각했다. 하지만 곧,
자신의 엄마를 잃어버리고 검은색 옷을 입은
상태에서도 여전히 빛나는 선유를 떠올렸다.

외출이 점점 어려운 일이 되자 나는
대학을 그만두었다. 누군가의 손을 잡고서도

걷기가 어려워 휠체어를 탔다. 혼자 할 수
있는 일은 줄어드는데 집에서만 시간을
보내자 종일 엄마에게 의지해야 했다. 나는
독립을 선언했다. 엄마는 다른 사람에게
내 일상을 맡길 수 없다며 반대했지만,
결국 지지해주었다. 나는 집에서 꽤 멀고
정기적으로 방문하는 병원에서는 가까운
합정역 인근에 방을 얻었다. 상점이 이어지는
좁은 도로 뒤편에 있는 2층 주택이었다. 벽은
빛이 바랬고 2층으로 가는 계단에는 군데군데
홈이 파였지만 현관에서 1층 내 방까지
들어가는 데 방해물은 없었다.

　　스물셋의 봄, 그러니까 독립을 하고
반년도 지나지 않았을 때 나는 갑작스러운
호흡곤란을 겪었다. 잠을 자고 있었다.
누군가 목구멍 속 밸브를 조금씩 돌려 잠그는
듯 숨통이 조여왔다. 바늘만 한 바람구멍

하나가 내 숨을 붙잡아주고 있을 때 겨우
119에 전화를 했다. 구급대가 오는 사이 내
얼굴은 퍼렇게 질렸고, 그들이 문고리를
부수고 방으로 들어올 때 의식을 잃었다.
곧바로 응급처치를 받은 덕에 나는 큰 후유증
없이 응급실에서 깨어날 수 있었다. 의사는
인공호흡기를 처방했다. 낮에는 빼놓아도
되지만 밤에는 꼭 호흡기를 착용하고 잠에
들라고 했다.

매일 낮 찾아오는 활동지원사가 저녁
식사와 세면을 도와주고 퇴근하면 나는
혼자가 되었다. 한밤의 호흡곤란을 겪은
후 엄마는 나를 혼자 두지 않으려 했지만,
호흡기를 착용했으니 이제 안전하다고
주장하며 나는 어떻게든 타인이 없는 시간을
누리고자 했다. 봄이 시작된 후로 늦은 밤까지
창문 밖이 시끌시끌했다. 내 또래 남녀들이

술을 마시고 거리를 배회하는 것 같았다.
다행히 새벽이 되면 모든 소란이 잦아들었고
시야에 닿는 창밖으로 달이 지나갔다.

내 몸은 어린 시절 의사가 예상했던
시간표보다 빨리 약해졌다. 나는 악몽을
꾸었다. 한밤중 빨간색 옷을 입은 남자들이
방문을 부수고 들어와 호흡기 스위치를
내려버리는데, 힘이 빠진 내 두 팔로는 막지
못하는 꿈이었다. 나는 숨이 끊어진 호흡기를
입에 찬 채 아무것도 보이지 않는 동굴에 혼자
남겨졌다. 빛과 바람이 들어오는 통로를 찾아
눈을 사방으로 굴렸지만 시선이 닿는 모든
곳은 그저 캄캄했다. 움직일 수 없으니 찾아
헤맬 수도 없었다. 온몸이 땀으로 젖었다.
한참을 그러다 내가 여전히 숨을 쉬고 있음을
알아차렸고, 꿈에서 벗어났다. 침대 옆에서
호흡기가 작동하는 소리가 들렸다. 달은

기울었고 해는 뜨지 않은 시간이었다.

거의 사용하지 않는 내 SNS 계정으로
선유가 메시지를 보낸 것은 그 무렵이었다.
선유 어머니의 장례식장에 간 1학년 여름
이후 우리가 이야기를 나눌 기회는 별로
없었다. 선유는 장례식에 찾아와준 친구들 한
명 한 명에게 감사의 인사를 담은 편지를 썼고
내게도 주었지만, 그 외에 개인적인 연락을
하지는 않았다. 나도 마찬가지였다. 체육
시간 빈 교실에서 선유를 만날 기회도 다시
찾아오지 않았다. 2학년에 올라가면서는 반이
바뀌었다. 우리는 복도를 지나다 마주치면
간단한 인사를 했고, 그뿐이었다.

새벽 시간 도착한 메시지를 통해 선유는
우연히 내 이름을 자신의 친구 계정에서
보았고, 내가 포스팅한 (수년 동안 내가 쓴 단
세 개의 포스팅 중 하나이데) 이사 이야기를

읽었으며, 그곳은 자신이 다니는 대학과
멀지 않아 친구들과 자주 찾는 거리라면서
조만간 얼굴을 봐도 좋겠다고 했다. 엄마가
돌아가셨을 때 내가 뜻밖에도 장례식에
와주어서 큰 힘이 되었다는 말도 덧붙였다.
우리는 며칠간 몇 번 더 메시지를 주고받은
후 합정역 근처의 한 카페에서 만나기로
약속했다.

　　외출을 잘 하지 않는 나는 근방의 수많은
카페, 이자카야, 식당 들 가운데 휠체어가
들어가는 곳이 어디인지 몰랐지만, 선유가
제안한 카페는 입구에 턱이 없고 공간이
널찍했다. 검은색 문틀과 창틀을 제외하면
건물 안팎이 모두 녹색이었다. 내부에는
나무로 된 긴 책상형 테이블들이 놓여 있었다.
조금 어두웠지만 식물이 많았다. 스무 살
정도로 보이는 여자 손님 둘만이 창문을 향한

의자에 나란히 앉아 밖을 보며 이야기를
나누고 있었다. 우리는 긴 탁자에 자리를
잡았다. 선유는 아이스 아메리카노를, 나는
유자가 들어간 에이드를 마셨다. 3년 만에
보는 얼굴은 거의 변함이 없었다. 까맣고
긴 머리카락과 큰 눈동자, 긴 목. 앉아 있는
자세는 예전보다 더 단단해 보였다. 반면
내 몸은 그간 살이 빠지고 근육이 줄어서
선유의 몸과 더욱 대비되었다.

    고등학교 시절에도 몇 번 이야기를
나눠본 것이 전부였으나 이상하게 우리는
어색하지 않았다. 선유가 내 대학 생활을
물었고 나는 어려움 없이 그대로 이야기했다.
수학과 컴퓨터를 배우는 건 재밌었지만
몸이 점점 약해졌고, 학교에 오가는 게
힘들어 휴학을 반복하다가 그만둬 버렸으며,
엄마의 도움에 의지해 사는 것이 답답하고

또 미안하기도 해서 집을 나왔고, 나이가
좀 있는 활동지원사의 도움을 받으며 사는
것이 나쁘지 않다고. 선유는 내 말을 들으며
"힘들었겠다"라거나 "학교 다시 다니고 싶지
않아?" 따위의 말을 하는 대신 "잘했어.
혼자 사는 게 편해"라거나 "몸은 좀 약해진
거 같지만 피부는 고등학교 때보다 더
좋아졌구만" 같은 말을 할 뿐이었다.

　　선유는 대학에서 문화인류학을 전공했고
심리학을 이중전공으로 골랐지만 둘 다
특별히 재밌지는 않았는데, 2학년 때 가입한
클라이밍 동아리가 좋아서 대학 생활에
적응하는 데 도움이 되었다고 했다. 자신은
고소공포증이 있어 높은 곳을 끔찍이
무서워하지만, 2~3미터 정도의 인공암벽을
탈 때는 충분히 푹신한 매트가 깔려
있어 착지에 조금만 신경 쓰면 다칠 일이

거의 없었단다. 그보다 더 높게 올라가는 종목에도 도전했는데, 그때는 암벽 꼭대기에 걸린 로프를 몸에 단단히 매고 암벽을 타기에(아래에서 동료 한 사람이 로프를 잡아 무게의 균형을 유지해준다고 한다) 떨어지려 해도 떨어질 수가 없기 때문이라고 했다. 무서움을 느끼지 않고 높은 곳을 힘껏 오르는 일이 그렇게 흥미진진한 줄 몰랐다는 것이다.

"그게 고소공포증인가."

나는 조금 의아한 표정으로 선유에게 물었다. 고소공포증이 있는 사람들은 고층 건물 전망대에 설치된 (절대로 깨질 리 없는) 두꺼운 유리 바닥 위에도 서지 못하는 것이 아닌가? 선유는 컵을 테이블에 둔 채 고개를 숙여 빨대에 입을 데려다가, 내 말을 듣고는 나를 슬쩍 올려다보았다. 고등학교 때처럼 눈치 없는 소리를 한 걸까 생각하는데 선유가 몸을 세우고 진지한 얼굴로 말했다.

"내가 무서워하는 건 말이야. 사실 높은
곳이 아니라 높은 곳에 있는 나 자신이야."

"그게 달라?"

"높은 곳에서, 내가 그냥 확 뛰어내릴까 봐
무섭다고."

선유는 잠시 빨대로 얼음을 휘젓고는,
다시 커피를 마셨다.

"근육이 많은 사람들은 그런 고충이 있군."

선유가 푸훗— 웃음을 터뜨렸다.

"뭐라는 거야."

문이 열리고 손님이 들어왔다. 짧은
머리를 이마 위로 바짝 빗어 올린 중년
남성이었다. 그는 단골이었는지 돈도 내지
않고 "아인슈패너 주세요" 메뉴를 말하고는
한쪽 끝에 자리를 잡았다. 봄 공기가
들어왔고, 나는 문을 열어두어도 좋겠다고

생각했다.

"밤에는 호흡기를 끼고 자거든."

"호흡기? 집에서?"

"자다가 호흡곤란이 온 적이 있어서. 그런데 그 후로, 누가 내 호흡기 스위치를 내려버릴까 봐 겁나더라고."

나란히 앉아 있던 두 여성 손님이 자리를 정리하고 밖으로 나갔다. 문이 열리고 닫혔다. 봄 공기가 다시 들어왔고, 긴 햇살의 끝이 선유의 얼굴과 팔에 닿았다.

"클라이밍장, 가볼래?"

"내가 아무리 질량이 적다지만 이 근력으로는 중력을 거스르기 어려울 거 같은데."

"그럼 내가 이만큼의 질량을 이끌고 중력에 저항하는 걸 지켜봐."

정말로 오랜만에, 나는 병원과 엄마 집이

아닌 곳으로 가기 위한 약속을 잡고 선유와
헤어졌다.

❖

　내 몸의 컨디션이 들쭉날쭉한 탓에
우리는 약속했던 암벽장 방문 계획을 두
번이나 미뤘지만, 여름이 시작될 무렵 다시
만날 수 있었다. 암벽장은 합정에서 지하철로
일곱 정거장 떨어진 곳이어서 우리는 합정역
엘리베이터가 있는 출구 앞에서 만났다.
그곳까지 함께 온 중년의 활동지원사는 작은
목소리로 화장실 정말 다시 안 가도 괜찮겠냐,
휠체어 배터리는 충분한 거 같다, 자신이
같이 가는 게 맞는데 등의 말을 하며 내
앞머리를 손으로 빗어 넘겨주었다. 그러더니
흐뭇한 표정을 짓고는 집에서 기다리겠다며

돌아갔다.

　암벽장은 5층 높이의 천장 아래로
펼쳐져 있었다. 15미터는 되어 보이는 벽이
빨강, 파랑, 노랑으로 분할되어 있었고,
그보다 많은 색의 손잡이들이 촘촘히
박혀 있었다. 우리는 전체 공간을 천천히
둘러보다가 스트레칭을 하는 넓은 마루와
각종 운동용품을 파는 매장을 지나 조금
낮은 높이의 벽으로 이동했다. 바닥에는
두꺼운 매트가 깔려 있었다. 선유는 거기서
'센터장 언니'라고 부르는 사람을 만나 반갑게
인사를 하고는 나를 가리키며 "톡으로 말한
그 친구예요—"라고 소개했다. 센터장은
자세를 조금 구부려 내게 눈높이를 맞추더니
자신이 장애인분들을 대상으로 등반 교육을
한 적이 있다면서 '아마 우리 친구분은 또
좀 다르시니까 등반을 해보기는 어렵겠지만'

센터장 자신이 이해가 있는 편이니 친구가
등반하는 모습을 편히 구경하라고 말했다.

선유는 그곳이 비교적 높지 않은
벽을 맨몸으로 자유롭게 올라가는 '볼더링
월'이라고 알려주면서, 자신도 무척 오랜만에
암벽장에 온 것이니 이곳부터 해보자고
말했다. 주황색 반팔 셔츠와 무릎 아래까지
오는 검은색 운동복 바지를 입은 선유는,
흰색 밑창에 회색 벨크로가 디자인된 납작한
운동화로 갈아 신고서 간단한 스트레칭을
시작했다. 나는 휠체어를 매트에 최대한
가까이 붙여 세우고 선유를 지켜보았다. 조금
긴장했는지 좀 전까지와 달리 말이 없었다.

평일 낮이지만 열댓 명은 되는 사람들이
벽 이곳저곳에 자리를 잡고서 1~2미터가량을
오르다가 매트로 떨어지기를 반복했다. 그들
모두 나이와 상관없이 단단하고 강해 보이는

몸이었지만 벽을 오르기란 여간 어려운
일이 아닌 것 같았다. 엄마 아빠와 함께
온 어린아이가 손잡이('홀드'라고 불렸다)에
한쪽 팔만 대강 걸어두고는 나를 뚫어지게
바라보았다. 아이는 자신 앞에 솟은 거대한
벽을 무시하고서, 전동휠체어 위에 앉은
마르고 작은 내 몸에만 주의를 기울였다.
아이와 눈이 마주치자 나는 그 벽을 오를
자격이 누구보다 충분해 보이는 선유에게
낼 수 있는 가장 큰 소리로 말을 걸었다.

　"무서우면 오른쪽 다리를 뒤로 들어. 등반
모드로 바꿔서 구하러 갈게."

　아이는 흰색 가루를 손에 바르고 있는
엄마에게 달려갔다. 선유는 심호흡을 하며
암벽으로 다가가 양팔로 자신의 머리 위에
있는 홀드를 붙잡고서, 다리를 양쪽으로
살짝 벌려 몸을 삼각형으로 만들었다.

그러고는 천천히 삼각형을 왼쪽과 오른쪽으로 이동시키며 벽을 오르기 시작했다. 처음에는 삼각형 세 개 정도를 만들고 바로 푹신한 바닥으로 떨어졌는데, 점점 더 많은 삼각형을 만들면서 벽을 올랐다. 선유는 그곳의 누구보다 편하고 안정되어 보였다. 팔을 쭉 뻗어 자신의 몸을 끌어 올릴 때 선유의 팔에 생기는 굵은 선, 한쪽 다리를 어깨높이만큼 올려 벽의 한 지점을 딛고서 반대편 홀드로 손을 뻗을 때 보이는 다리와 척추의 길고 강력한 축, 이 축이 상하좌우로 움직이며 만들어내는 변화를 나는 넋 놓고 보았다. 잠시 정신을 차려 뿌듯한 표정으로 아까 그 아이를 찾았지만 이미 가족은 다른 곳으로 간 후였다.

　　암벽이 살짝 안쪽으로 굽어지는 지점까지 이르자 선유는 그대로 바닥으로 떨어졌다. 두 다리가 큰 매트리스 위에 닿는 순간 무릎을 살짝 굽히며 엉덩이를 바닥에 대고, 몸을 뒤로 굴리듯 드러누우며 충격을 흘려보냈다. "잘 봤어?" 선유가 누운 채로 나를 올려다보며 환하게 웃었다. 목소리가 작은 나는 소리를 내는 대신 눈을 질끈 감고 할 수 있는 한 가장 크게 고개를 끄덕였다.

우리는 이제 로프를 매고 높은 벽을 오르는 장소로 이동했다. 벽의 꼭대기에 로프를 고정해두고 몸을 로프에 연결한 채 등반하는 '톱로프 월'이었다. 우리는 센터장을 그곳에서 다시 만났다. 선유는 내 몸에 로프를 매고 아래에서 당겨준다면 나도 위로 올라갈 수 있지 않겠냐면서 센터장과 상의하려 했는데, 나는 그럴 마음이 전혀 없음을 분명히 했다. 세상을 아름답게 만들고 싶다면 나를 끌어 올리려 애쓰지 말고 선유가 힘차게 저 벽을 올라가며 반짝이는 편이

훨씬 낫다고 생각했다. 선유는 나와 함께
오르기를 단념하고서, 양쪽 다리와 허리를
벨트로 감싸고 로프와 연결하는 장비(그들은
'하네스'라고 불렀다)를 단단히 착용했다.
로프는 선유의 몸에서 출발해 10미터도 넘어
보이는 벽의 꼭대기에 박힌 고리를 지나, 땅에
있는 센터장의 몸에 연결되었다. 센터장이
두 손으로 로프를 잡아준 상태에서 선유는
다시 한번 천천히 암벽을 오르기 시작했다.
볼더링을 할 때보다 느린 속도였지만, 여전히
선유는 높게 솟은 암벽 위에서 반짝거렸다.
팔과 다리의 위치가 일정한 움직임을
반복하다가 때로 극적인 변주를 보이기도
했고, 검은색 머리카락과 흰색 운동화가
빨갛고 파란 홀드들과 만들어내는 색의
패턴도 아름다웠다.

7미터쯤 올랐을 때 선유는 줄에 매달린

채 두 팔을 아래로 떨구고서 잠시 쉬었다.
암벽 높이만큼 커다란 창문 밖에는 해가
서쪽을 향하고 있었고, 블라인드 사이로
스며든 햇살이 선유의 온몸에 닿았다. 빛나는
검은색. 그 순간 아무 소리도 들리지 않는 것
같았다. 아래에서는 센터장이 자기 무게를
실어 줄을 당겨주고 있었다. 나는 선유의 몸을
매단 저 로프를 잡아주고 싶다고 생각했다.
꼭대기에서 설령 선유의 몸이 뛰어내리기를
감행하더라도, 너는 절대로 바닥으로
고꾸라질 염려가 없다고. 내가 이곳에서
로프를 꽉 붙잡고 있다고.

　　암벽장을 나온 우리는 저녁을 먹기로
하고 근처의 한 식당에 들어가 파스타를
주문했다. 나는 이상하게 피곤하지 않았다.
이렇게 오랜 시간 동안 외출을 한 것이 몇 년

만인지 기억나지 않았다. 선유도 한껏 들떠
있었다. 그러면서도 내가 식사하기 편하게
물컵에 빨대를 꽂아주고, 휠체어의 높이를
조종하도록 도와주었다.

"내가 너무 혼자만 신났지?"

"음…… 좀 그렇긴 하지. 근육이 소실되는
환자를 암벽장에 데려간 건 말하자면 학대
아닌가?"

"그런가? 하지만 나는 고소공포증이
있으니까, 우리는 일종의 고통의 연대를 한
거지."

"안전해서 안 무섭다며. 엄청
즐거워하던데."

"사실 2학년 때까지 동아리에서
등반하다가 작년부터는 안 했어. 가기
싫어졌거든. 운동 동아리가 다 그렇겠지만,
사람들이 모두 영원히 살 것처럼 에너지가

넘쳐. 아까 암벽장에서도 봤지? 20대들뿐
아니라 40대, 50대들도 평생 살 것처럼 땀을
뻘뻘 흘리면서, 강철 같은 몸으로 벽을 올라."

"그중에 네가 제일 잘하던데. 영원히 죽지
않고 벽에 붙어 있을 거 같았어."

선유는 그곳에 있는 누구보다도 가장
살아 있는 존재였다.

"미안."

"응? 나도 재밌었다니깐."

"나는 가끔 죽는 것이 두려워. 그런데
더 무서운 건 내 주위 사람들이 그와 완전히
무관하게 살아가는 거야. 어떻게 그럴 수
있지? 우리 주위에는 온갖 위험들이 있잖아.
어느 날 갑자기 말기 암 진단을 받을 수도
있고. 우리가 합정역으로 가다가 지하철에
불이 날 수도 있어. 너를 데려다주고 늦은
저녁 자취방에 들어가다가 성폭행범에게

살해당할 가능성도 없지 않아. 그냥 파티를 즐기러 밖에 나갔다가 다른 사람의 몸에 깔려 죽을 수도 있어.

물론 나도 알아. 그런 일들을 겪을 가능성은 확률적으로 아주 낮다는 걸. 우리는 인류 역사 전체로 보면 꽤 안전한 시대에 산다는 것도 알고 있어. 내 두려움은 병적이고, 심리상담이나 정신과 치료의 도움이 필요할 수도 있지. 실제로 대학에 가서는 약을 먹기 시작했고 효과도 봤어. 하지만 여전히 이상한 건 이상한 거야. 어떻게 다른 사람들은 불현듯 찾아올지도 모르는 죽음에 대해 전혀 의식하지 않고 살아가는 건지."

남자 점원이 커다란 접시 두 개를 가지고 우리에게 다가왔다. 내 앞에는 빨간 토마토소스를 뿌린 파스타를 놔주었고, 선유

앞에는 오일 파스타가 담긴 접시를 놓았다. 그리고 냅킨과 함께 포크와 숟가락을 각각 접시 옆에 가지런히 두고 더 필요한 게 없는지를 묻고는 돌아갔다. 내가 손가락을 이용해 팔을 천천히 테이블 위에서 이동시켜 포크를 집으려 할 때 선유가 팔을 뻗었다.

"이렇게 하면 돼?"

선유는 내 손에 포크를 쥐여주고, 내가 혼자 먹을 수 있도록 팔꿈치를 테이블 위에 올려주었다.

"그러니까 나를 만나고 암벽장에 같이 가는 건…… 내가 언제 죽어도 안 이상한 사람이라서인가? 늘 죽는 날을 의식하며 살 것 같아서?"

포크를 집어 들고 음식을 먹으려던 선유가 커다란 눈동자로 나를 보았다. 무슨 소리야 그게.

나는 어색한 미소를 짓고는 그 눈을 피해
접시 위 음식으로 시선을 옮겼다. 그때였다.
선유 뒤편 주방에서 음식을 담아 나오던
점원이 기우뚱하더니 앞으로 고꾸라졌다.
그릇이 바닥에 떨어지며 요란한 소리를
냈다. 가까이 앉은 손님들은 음식물이
묻을까 자리에서 일어났고 다른 점원이
괜찮냐며 주방에서 뛰어나왔다. 넘어진
이는 죄송하다고 괜찮다고 말하며 흩어진
그릇과 음식물을 정리했다. 식당에서 있을
법한 실수였다. 나는 선유에게로 다시 눈을
돌렸는데, 선유가 포크를 손에 쥔 채 뒤를
돌아보지도 않고 있었다. 조금 움츠러든 몸은
미세하게 떨리고 있었다. 선유의 가장자리가,
내 눈앞에서 흐릿해지고 있었다.

"살짝 넘어지셨어. 다치지는 않은 거
같아."

선유는 내 말을 듣지 않았다. 몇 초가
그대로 흘렀고, 작은 날숨과 함께 화장실을
다녀오겠다며 나가버렸다.

나는 선유가 자리를 뜨고 1분도 채 지나지
않았을 때부터, 다시 돌아오지 않을지도
모른다는 생각이 들었다. 혼자서 집으로 가야
할지, 기다리는 활동지원사에게 연락할지
고민했다. 음식은 식어가고 있었다. 그러나
선유는 돌아왔다. 빠른 걸음으로 들어와
자리에 앉더니 나를 똑바로 보며 말했다.

"너는 그게 무슨 말이야? 네가 언제
죽어도 안 이상한 사람이라서 내가 널 만나고
암벽장에도 같이 갔다고? 넌 밤마다 누가
와서 호흡기 스위치를 내려버릴까 무섭다며.
그런 두려움이야말로 근거 없는 공포일
뿐이야. 도대체 누가 그런 짓을 하겠냐고.
너도 나처럼 상담과 치료가 필요한 거야.

우리는 다 언젠가 죽을 거고 나는 그게
진실이라는 게 때로 무서워. 하지만 얼마든지
일상을 잘 살아가고 있어. 나는 그냥 네가
안 해봤을 거 같은 일상을 보여주고 싶었을
뿐이야."

　나는 당황했지만 침착한 척 표정을
바꾸지 않으려 애쓰며 말했다.

　"암벽장은 재미있었어. 하지만 내가 그런
일상에 막 굶주려 있는 사람은 아니야."

　"오버하네 또. 누가 굶주렸다고 했냐고."

　선유는 지금 굶주리고 있는 건
자신이라며 포크를 힘껏 집어 파스타를 한
움큼 입에 넣었다. 나는 느린 속도로 조금씩
면을 집어 천천히 먹었다. 선유는 괜찮아
보였지만, 나는 몸의 피로가 느껴졌다.

　우리는 잠시 말없이 식사를 했고, 다시
클라이밍 이야기를 나누며 식당을 나왔다.

어둠이 내리기 시작한 초여름이었다. 붐비는
지하철을 타고 합정역까지 함께 돌아와
헤어졌다.

❖

　그 후에도 며칠 정도 우리는 클라이밍에
대해 이야기했고, 벽에 홀드를 박는 규칙이나,
선유가 올라갈 때 홀드를 어떤 순서와
각도로 잡는 것이 더 유리할지 등에 대해
의견을 나누었다. 해외에서 열린 장애인
클라이밍 대회 영상을 공유하기도 했다.
하지만 연락하는 횟수는 줄었다. 종종
안부를 물었지만 우리는 그 후 1년이 넘도록
만나지는 않았다.
　스물넷이 되었을 때 의사는 낮에도
호흡기를 사용하라는 처방을 내렸다. 호흡에

필요한 근육이 약해지며 몸에 이산화탄소가
축적되고 있었다. 나는 휠체어에 올려둘
수 있는 휴대용 호흡기를 구매했고 낮에는
주로 이 호흡기를 코 부위에만 착용하고
생활했다. 하루 24시간 활동지원사의
도움을 받기 시작했다. 누군가가 내 호흡기
스위치를 내려버릴지도 모른다는 공포는 더
심해져서, 거의 매일 밤 악몽에 시달렸다.
3교대로 나를 방문하는 활동지원사들은 모두
성실하고 친절한 편이었으며 나는 그들을
신뢰했지만, 공포심이 사그라들지는 않았다.
엄마는 주말이면 나를 찾아왔다. 분명 엄마와
함께 산다면 이 두려움이 줄어들 것 같았다.
하지만 엄마에게 의지하는 생활로 돌아가고
싶지 않았고, 이 동네를 떠나고 싶지도
않았다.

한밤중 공포에 떨다 잠을 깨면, 나는

드물게나마 올라오는 선유의 흔적을 보러
SNS에 접속했다. 침대 아래에는 야간 시간을
담당하는 활동지원사가 잠들어 있었다. 그는
작은 인기척에도 눈을 번쩍 뜨고 필요한
것이 있는지 물어보는 사람이었으므로 나는
핸드폰의 조도를 최대한 낮추고서 선유의
사진과 글을 보았다. 그곳에는 어두컴컴한
동굴에서 밖으로 이어진 유일한 통로가
있었고, 나는 그 통로 사이로 선유가 내려주는
로프를 붙잡았다. 낼 수 있는 모든 힘을
다해 그 로프를 꽉 쥐고 있으면, 머리맡에서
규칙적으로 작동하는 호흡기 소리가 들리기
시작했다.

　　3학년 때 휴학을 한 선유는 스물넷이 된
그해 졸업을 준비하고 있었다. 특별한 어려움
없이 학교를 잘 다니는 듯했다. 만나자고
제안하면 나를 보러 와주었을 것이다. 하지만

나는 연락하지 않았다. 선유가 왜 나에게 먼저 연락을 했는지, 암벽장에 같이 가자고 했는지는 중요하지 않았다. 내가 선유를 만나고 싶은 이유가 나는 마음에 들지 않았다. 나는 왜 내 몸을 돌보고 지켜주는 이 건장한 중년의 남성 활동지원사 곁에서는 죽음의 공포에 시달리면서, 선유에게는 내 생명을 의지하고 싶다고 생각하는 걸까? 암벽을 오를 때 아름다운 패턴을 만들어내던 선유의 그 몸이 대체 지금 나를 어떻게 더 잘 보호해준다는 걸까. 이런 생각이 들 때마다 나는 선유에게 연락하지 않겠다고 다짐했다.

  제법 쌀쌀해진 어느 주말 모처럼 컨디션이 좋았다. 호흡기를 종일 착용한 지도 6개월이 넘으면서 이 기계를 코에 붙이고 종일 숨 쉬고 음식을 먹고 말을 하는 일에

얼마간 적응했다. 아침 일찍 엄마가 집에
왔고 활동지원사 없이 시간을 보냈다. 우리는
오랜만에 둘이 외출을 결심했다. 생각해보니
전동휠체어를 타고 내가 혼자 이동할 수
있으면서도 엄마와 함께 어딘가 가본 적이
없었다. 나는 엄마에게 외식을 제안했다.
합정역에서 일곱 정거장 떨어진 곳이지만
맛도 괜찮고 휠체어가 들어가기도 좋은
이탈리아 식당이 있다고. 엄마는 네가 그런
곳도 아느냐 놀라면서 오랜만에 활력이 도는
내 모습이 반가운 모양이었다. 나는 체온을
유지하기 위해 다리에 담요를 덮고, 검은색
패딩을 껴입고 엄마와 파스타를 먹으러 갔다.
대중교통을 타고 둘이서만 하는 외식은 내가
혼자 걸을 수 있던 중학생 시절 이후 처음인
것 같았다.

해가 아직 지지 않은 초저녁 가을 하늘은

바닷속에서 수면 위를 바라보는 것처럼
아득했다. 엄마도 나도 약간 신이 났고,
우리는 무사히 식당에 도착해 파스타 두 개와
피자 하나를 시켰다. 잠시 뒤 점원이 음식을
가지고 나왔고, 엄마와 내 앞에 커다란 접시
두 개와 그 옆에 나란히 포크를 놓아주었다.
테이블 가운데는 피자가 차지했다. 너무 많이
시켰나. 엄마와 나는 음식을 보며 웃었다.
파스타를 먹기 위한 포크는, 1년 전 선유와
함께 이곳에 왔을 때보다 근력이 약해진
나에게는 너무 크고 무거웠다. 엄마는 내 앞
접시에 담긴 파스타를 포크로 몇 번 휘저은 후
입에 면을 넣어주며 말했다.

"아우 무슨 포크가 이렇게 무겁냐. 무기네,
무기."

나는 몇 주 전부터 거의 모든 음식을
혼자서는 먹지 못했다. 엄마는 내가 혼자

힘으로 할 수 없는 일이 늘어날 때마다 그것이 내 몸의 변화 때문만이 아니라는 걸 강조하고는 했다. 휠체어를 타기로 결정했을 때는 '엄마가 나이가 들면서 너를 부축하기 어려워진 거'라 했고, 호흡기 착용을 시작했을 때는 '미세먼지가 심해서 요즘은 병이 없는 사람들도 이런 거 밤에 틀고 잔다더라' 했다. 나는 엄마의 말을 괜한 위로라고만 생각지 않았다. 그건 언제나 조금은 사실에 근거하고 있었으니까. 내 다리가 근력을 빠르게 상실한 건 틀림없지만, 50대에 접어든 엄마가 나를 부축하기 더 힘들다는 점도 사실이니까. 숨을 쉬는 데 필요한 내 근육 전반이 약해진 건 맞지만, 공기의 질이 점점 나빠지고 있는 것 같으니까. 파스타용 포크는, 실제로 조금 크고 무거우니까.

교실에서 처음 이야기를 나눈 날, 선유는

칫솔조차 자신을 죽일 수 있다고 말했었다.
죽음은 그만큼 가깝고 쉬운 거라고. 나는 저
포크를 쥐고 큰 소리에 놀라 움츠러들었던
선유를 떠올렸다. 커다랗고 검은 눈동자와
늘 선명한 몸의 경계가 흐릿해지던 모습을.
그건 교실 뒷문으로 서둘러 걸어 나갈 때 내가
처음으로 보았던 바로 그 선유였다.

　　나는 엄마가 주는 대로 면을 잘
받아먹었고, 질긴 가장자리 부분을 뜯어낸
피자 조각도 두 개나 먹었다. 나를 도와주며
자신도 식사를 하느라 엄마의 손이 바빴다.
나는 음식을 입에 넣은 채 엄마에게 말했다.

　　"엄마는 뭐가 제일 무서워?"

　　"먹다 말고 뭐 그런 걸 물어."

　　나에게 줄 면을 접시에 옮기려던 엄마가
가만히 나를 보았다.

　　"엄마는 사람이 최고 무섭더라."

"우리가 누구한테 사기당한 적도 없는데 왜 사람이 무섭대."

"그냥. 뉴스 보면 사람 죽이는 건 다 사람이잖아."

"엄마도 사람이야. 나도 사람이고."

엄마는 냅킨을 집어 내 입 주위에 묻은 파스타 소스를 닦고, 호흡기를 잠시 빼내어 코 주위의 땀을 닦아주면서 말했다.

"하긴 사람 살리는 것도 또 사람이긴 하다 그치?"

엄마는 늘 나를 살리는 사람이었다. 그런데 나도 그럴까? 엄마가 접시에 남은 마지막 면을 포크가 접시에 닿지 않도록 살살 모았다.

"오래 살아야지 이런 맛있는 것도 현오랑 먹으러 다니는데. 젊은이들 많은 곳에 살면 엄마 좀 자주 데리고 다녀라."

우리는 포장하려던 계획이 무색하게
피자까지 남김없이 먹은 후, 지하철을 타고
함께 합정역으로 돌아왔다. 일요일 밤이 내린
골목 어귀를 걷기에 적당히 춥고 조용한
날이었다. 엄마는 평소보다 말이 많았고,
나도 그랬다. 집에 들어와 선유에게 메시지를
보냈다. 올해 들어 종일 호흡기를 차게
되었는데, 이제 조금 적응했다고. 여전히
답답하고 또 무서운 생각이 들 때도 있지만 몸
상태는 괜찮은 편이라고. 씻고 방에 돌아오니
선유에게 답이 와 있었다. 암벽장에 다시 갈
생각이 있냐고 물었다. 나는 네가 다니는
학교에 가보고 싶다고 말했다.

학교는 생각보다 가까웠고 넓었다. 우리는
학교 정문에서 만나 천천히 함께 걸었다.
커다란 휠체어에 호흡기까지 착용하고

있었지만 학생들은 내 모습에 무신경해
보였다. 학교 로고가 새겨진 외투를 입고
휠체어를 탄 채 빠르게 지나가는 학생도
한 명 보았다. 가을이 제법 깊어서 공기는
차가웠지만 오후 2시의 볕이 좋았다. 우리는
학생회관 근처 카페에서 아메리카노와 딸기
라테를 샀고, 최근 개방했다는 도서관 건물의
옥상정원에 가보기로 했다. 7층짜리 도서관
건물의 옥상까지 연결된 엘리베이터를 타고
오르자 반투명한 옥탑에 도착했다. 문을 열고
나가니 넓게 트인 정원이 펼쳐졌다. 제법 높은
난간 너머로 남산과 그 뒤의 더 큰 산들이
눈에 들어왔다.

　선유는 졸업 학점을 채우랴 취업 준비를
하랴 그간 정신이 없어 등반도 다시 하지
못했다면서도, 내가 갈 생각이 있다면 같이
가주겠다고 말했다.

"약한 사람 괴롭히는 성향은 여전하네."

"알려지면 취업에 불이익이 될까?"

"센터장 언니만 입조심시키면 될 거 같아."

나는 휠체어를 조종해 난간에 등을
붙였다. 바람 소리가 잦아들자 휠체어 뒤에
실린 내 호흡기 소리가 들렸다.

"학교 좋지? 가을은 다닐 만해. 휠체어 탄
학생들도 꽤 있어."

선유도 난간에 등을 기대며 말했다.

"며칠 전에 엄마랑 그때 그 파스타 집에
갔어."

"그래? 거기 괜찮았던 거 같아."

"우리 엄마 그렇게 많이 먹는 거 처음
봤어."

나는 웃으며 말했다.

"장례식장에 오셨을 때 기억난다."

우리는 잠시 그대로 있었다. 바람과

햇볕이 볼과 이마에 닿았다. 난간에 기대고 서
있던 선유가 내 쪽을 바라보았다.

"우리 엄마는 돌아가시기 1년 전부터
요양원에서 지냈거든? 아빠도 안 계시고
돌봐줄 사람이 거의 없어서. 내가 학교 끝나고
자주 갔어. 어떤 날은 학교 빼먹고 그냥
엄마한테 가기도 하고. 그러면 엄마가 그랬지.
선유랑 같이 있으면 아픈 것도 덜하고, 죽는
게 무섭지도 않다고."

"그런데 나는 무서웠어. 엄마가 죽는
것도 미래에 내가 비슷한 방식으로 죽을지도
모른다는 것도. 내가 현오 너한테 연락한
건, 네가 죽음과 가까운 사람이라서가 아냐.
반대지. 네가 장례식장에 왔을 때 나는
알았어. 망자를 위로한다면서도 살아 있어서,
아픈 데 없이 건강한 것만으로도 얼마나
다행이냐며 서로를 위로하는 그런 곳에 너는

잘 걷지도 못하면서 찾아왔잖아. 다들 힘자랑 몸 자랑 하며 인공암벽을 오르는 곳에 그런 커다란 휠체어를 타고 갈 수 있는 사람도 별로 없지."

"그건 사람들이 도대체 왜 벽을 타려고 애쓰는지 궁금해서……."

나는 괜히 입을 삐죽했다.

"어느 때부터인가 나는 내가 제일 무서웠어. 어딘가로 뛰어내리거나 날카로운 걸로 나를 찌를지도 모른다는 생각이 들었거든. 교통사고가 두려우면 최대한 버스나 택시를 타지 않고서 그럭저럭 버틸 수 있었어. 하지만 나 자신을 어떻게 막겠어?"

난간을 등지고서 호흡기로 천천히 숨을 쉬다가, 나는 고개를 조금 돌려 선유의 눈을 보았다. 햇볕 아래에서 빛나는 크고 검은 눈동자를 나는 처음으로 피하지 않았다.

그 안에는 엄마가 세상을 떠난 날에도 다른
사람의 무게를 자기 몸으로 버티며 걸어가던
검은색의 선유가, 모두가 멋진 몸을 드러내고
벽에 오르는 곳으로 기꺼이 나를 안내하던
선유가 있었다.

"네 휠체어 위에 내가 올라서면 그것도
취업할 때 문제가 될까?"

"나만 입조심하면······."

나는 머리를 좌우로 천천히 흔들며, 그
반동으로 몸을 움직였다. 전동휠체어 팔걸이
위에 올려져 있던 두 팔이 조금씩 이동하다가
무릎 위로 떨어졌다. 나는 이제 전혀 팔을
움직일 수 없었다. 나는 선유를 올려다보며
눈동자로 빈 팔걸이를 가리켰다.

"완전 튼튼해 이거."

선유는 내 휠체어 뒤 손잡이를 잡고서
팔걸이 위에 한 발씩 천천히 올라섰다.

그러고는 자세를 굽혀 자신의 손으로 내 손을 잡아 두 발 위에 얹고, 내 손으로 두 발목을 감쌌다.

손가락 끝으로 아킬레스건을 지그시 누르는 데 불과했지만 나는 모든 힘을 끌어내어 선유의 두 발목을 붙잡았다. 선유는 내 어깨 뒤 휠체어 손잡이를 한 손으로 짚고 천천히 몸을 일으켰다. 언제든 마음만 먹으면 난간 아래로 뛰어내릴 수 있는 높이까지, 몸을 꼿꼿이 세웠다. 다리의 작은 떨림이 손끝에 느껴졌지만 나는 의심하지 않았다. 내가 붙잡고 있는 한 선유는 절대로 뛰어내리지 않을 것이다.

난간 너머를 향해 높이 서서 선유는 깊게 숨 쉬었다. 그 순간 호흡기 소리와 선유의 숨소리가, 불어오는 바람 소리가 하나가 되었다. 나는 의심할 수 없었다. 남은 힘을

모두 잃어버리더라도, 내가 언제까지고

누군가를 붙잡아줄 수 있는 사람이라는 것을.

작가의 말

소설은 저에게 하나의 글쓰기 장르가
아니라 침범할 수 없는 별난 세상이었습니다.
다행이라면 이 세계 앞에서 제가 느낀
아득함 덕분에, 애초부터 사소한 야망도
품지 않았다는 점입니다. 그저 하나의
이야기가 태어나기를, 그리고 이왕이면 그
이야기에 등장하는 풍경과 인물들을 독자들이
조금이라도 사랑해주기를 바랐습니다(큰
야망일까요?). 세상을 약간은 변화시켜
보겠다거나, 새로운 논쟁을 촉발하고 담론을

만드는 데 기여한다거나, 독자의 세계관에
슬쩍 잠입해보겠다는 어처구니없는 생각을
논픽션을 쓸 때는 조금 합니다. 그러나 이
글은 예외였습니다. 잠시나마 이 사소한
세계 안에 제가 실제로 함께 살아간다고
느낀 그 순간의 기쁨을 기억하며 민망함을
무릅썼습니다. 마감을 미루고 미룬 끝에
여기까지 도착한 것은 이은정 편집자님
덕분입니다. 감사합니다.

10년 전이던 2013년 이 글의 첫 장면을
메모해 두었습니다. 저는 언젠가 하나의
이야기가 될 그 메모에 〈뉴런, 우주, 침대〉라는
제목을 붙였습니다. 당시에는 수년의 시간이
지나 현오가 침대 위에서 정교하게 자기만의
우주를 건설하는 몽상가가 될 거라고
상상했습니다. 고등학교를 졸업한 선유는

몽상의 일부가 되었을 테지요. 이 메모는
거기서 멈춘 채 10년이 지났고, 그사이
무엇인가가 변했습니다. 그렇게 만들어진 이
작은 이야기를 독자께 보냅니다.

가을이 시작하는 날에,

김원영

- 32

우리의 클라이밍

초판 1쇄 인쇄 2023년 9월 15일
초판 1쇄 발행 2023년 10월 11일

지은이 김원영
펴낸이 이승현

출판2 본부장 박태근
스토리 독자 팀장 김소연
편집 강소영 곽선희 김해지 이은정 조은혜
디자인 이세호

펴낸곳 ㈜위즈덤하우스   **출판등록** 2000년 5월 23일 제13-1071호
주소 서울특별시 마포구 양화로 19 합정오피스빌딩 17층
전화 02) 2179-5600   **홈페이지** www.wisdomhouse.co.kr

ⓒ 김원영, 2023

ISBN 979-11-6812-733-3 04810
      979-11-6812-700-5 (세트)

값 13,000원

한 조각의 문학, 위픽 (wefic)